MW00719947

Heidrun Boddin

Mirre, marre, mau

Schöne alte Reime
für Kleine

Rowohlt

rororo rotfuchs
Herausgegeben von
Ute Blaich und Renate Boldt

Originalausgabe

Veröffentlicht im Rowohlt Taschenbuch Verlag GmbH,
Reinbek bei Hamburg, Dezember 1993
Copyright © 1993 by Rowohlt Taschenbuch Verlag GmbH,
Reinbek bei Hamburg
Redaktion Ute Blaich
Quellenangaben siehe Seite 96
Umschlagillustration Heidrun Boddin
Umschlaggestaltung Nina Rothfos
rotfuchs-comic Jan P. Schniebel
Alle Rechte vorbehalten
Gesetzt aus der Stempel Garamond PostScript, Quark XPress 3.1,
Belichtung bei Cleeves Repro Technik, Hamburg
Druck und Bindung Clausen & Bosse, Leck
Printed in Germany
990-ISBN 3-499-20724-9

Ich gehöre

Dieses Buch das ist mir lieb
Wer mir's nimmt der ist ein Dieb.
Wer mir's gibt der ist mir recht
Wer's nicht will der kennt mich schlecht.

Inhalt

Schafe

Mäuse und Katzen

Käfer, Schnecken und ein Frosch

Kühe und
Ziegen

Es ging eine Ziege am Weg hinaus,
Meck mereck, meck meck meck meck.
Die Kuh, die sah zum Stall heraus,
Meck mereck, meck meck meck meck.
Die Kühe und die Ziegen,
Meck mereck, meck meck meck meck,
Die machen sich ein Vergnügen:
Meck mereck, meck meck meck meck.

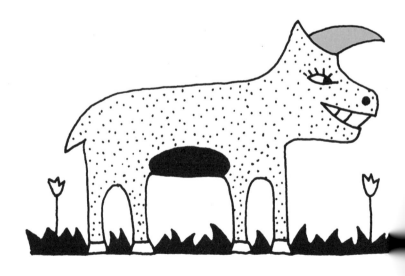

Muh, muh, muh!
So ruft im Stall die Kuh.
Sie gibt uns Milch und Butter,
Wir geben ihr das Futter,
Muh, muh, muh!
So ruft im Stall die Kuh.

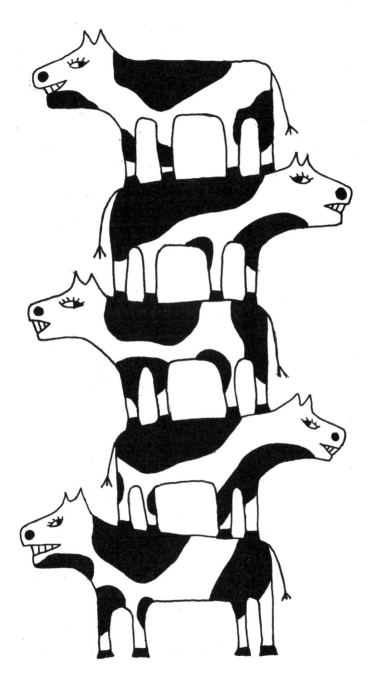

Mich dünkt, wir geben einen Ball,
Sprach die Nachtigall,
So?
Sprach der Floh.
Was werden wir essen?
Sprachen die Wespen.
Nudeln!
Sprachen die Pudeln.
Was werden wir trinken?
Sprachen die Finken.
Bier!
Sprach der Stier.

Nein, Wein!
Sprach das Schwein.
Wo werden wir denn tanzen?
Sprachen die Wanzen.
Im Haus!
Sprach die Maus.

15

Mohkühchen, moh! wovon bist du so roh?
Ich bin so roh, ich bin so matt,
Werd von meinem bißchen Futter nicht satt.
Im Winter krieg ich Stroh,
Im Sommer grünes Gräschen,
Da macht ihr Butter und Käschen.

Kälbchen zu verkaufen,
Leutchen, kommt gelaufen!
«Was soll das Kälbchen kosten?»
Anderthalben Groschen.
«Das ist fürs Kälbchen viel zu viel,
Ich geb 'nen halben Besenstiel.» —
So nimm du nur das Kälbchen hin,
Freut mich, daß ich's ledig bin!

Blä, sagt der Bock,
Verlier ich meinen Rock. —
Sollt ich meinen Rock verlieren,
Müßt ich den ganzen Winter frieren.

Ein scheckig Paar Ochsen,
Eine schwarzbraune Kuh,
Die gibt mir mein Vater,
Wenn ich heiraten tu.

Vögel

Der Kuckuck auf dem Zaune saß,
Da kam ein Regen, da ward er naß.
Kam der liebe Sonnenschein,
Da ward der Kuckuck hübsch und fein.

Die Vögel wollten Hochzeit halten,
Sie sangen überlaut:
Dirallala, diralla, dirallala.

Die Amsel war der Bräutigam,
Die Drossel war die Braut.

Die Anten, die Anten,
Das war'n die Musikanten.

Der Finke, der Finke,
Der bringt der Braut die Strümpfe.

Der Uhu, der Uhu,
Der bringt der Braut die Brautschuh.

Der Kuckuck schreit, der Kuckuck schreit,
Er bringt der Braut das Hochzeitskleid.

Der Sperling, der Sperling,
Der bringt der Braut den Trauring.

Die Taube, die Taube,
Die bringt der Braut die Haube.

Die Lerche, die Lerche,
Die fährt die Braut zur Kirche.

Der Stieglitz, der Stieglitz,
Der führt die Braut zum Kirchensitz.

Die Meise, die Meise,
Die bringt der Braut die Speise.

Die Nachtigall, die Nachtigall,
Die führt die Braut in den Tanzsaal.

Die Schnepfe, die Schnepfe,
Die führt die Braut zu Bette.

Storch, Storch, Schnibel, Schnabel,
Mit der langen Heugabel,
Mit den langen Beinen!
Wenn die Sonne tut scheinen,
Steht er auf dem Kirchendach,
Klappert, klappert, bis alles wacht.
Storch hat sich aufs Nest gestellt,
Guckt herab auf Dorf und Feld:
«Wird bald Ostern sein?
Kommt hervor, ihr Blümelein,
Komm hervor, du grünes Gras,
Komm herein, du Osterhas,
Komm fein bald und fehl mir nit,
Bring auch deine Eier mit!»

Es sitzen zwei Tauben auf einem Dach.
Die einc flog weg,
Die andre flog weg,
Die eine kam wieder,
Die andre kam wieder,
Da saßen sie alle beide wieder.

Du bist so krank,
Wie eine alte Bank.
Du bist so krank, als wie ein Huhn,
Magst gern essen und nichts tun.

Widewidewenne
Heißt meine Puthenne.
Kann nicht ruhn
Heißt mein Huhn.

Wackelschwanz
Heißt meine Gans.
Widewidewenne
Heißt meine Puthenne.

Schwarz und weiß
Heißt meine Geiß,
Dreibein
Heißt mein Schwein.
Widewidewenne
Heißt meine Puthenne.

Ehrenwert
Heißt mein Pferd,
Gute Muh
Heißt meine Kuh.
Widewidewenne
Heißt meine Puthenne.

Wettermann
Heißt mein Hahn,
Kunterbunt
Heißt mein Hund.
Widewidewenne
Heißt meine Puthenne.

Ruck heraus
Heißt mein Haus.
Schlupf heraus
Heißt meine Maus
Widewidewenne
Heißt meine Puthenne.

Wohlgetan
Heißt mein Mann,
Sausewind
Heißt mein Kind.
Widewidewenne
Heißt meine Puthenne.
Leberecht
Heißt mein Knecht,
Spät betagt,
Heißt meine Magd.
Widewidewenne
Heißt meine Puthenne.

Was sind's für tausend Vögelein,
Die immer schrei'n: Kolnik, kolnik?
      Der Sperling ist's, der Sperling ist's,
      Der immer schreit: Kolnik, kolnik!

Er hat ein kleines Schnäbelein,
Er schnäbelt hin und her,
Und wenn sodann der Abend kommt,
So schnäbelt er nicht mehr.
      Der Sperling ist's, der Sperling ist's,
      Der immer schreit: Kolnik, kolnik!

Er hat zwei kleine Äugelein,
Er äugelt hin und her,
Und wenn sodann der Abend kommt,
So äugelt er nicht mehr.
  Der Sperling ist's, der Sperling ist's,
  Der immer schreit: Kolnik, kolnik!

Er hat ein kleines Köpfelein,
Er köpfelt hin und her,
Und wenn sodann der Abend kommt,
So köpfelt er nicht mehr.
	Der Sperling ist's, der Sperling ist's,
	Der immer schreit: Kolnik, kolnik!

Er hat zwei kleine Flügelein,
Er flügelt hin und her,
Und wenn sodann der Abend kommt,
So flügelt er nicht mehr.
	Der Sperling ist's, der Sperling ist's,
	Der immer schreit: Kolnik, kolnik!

Er hat ein kleines Schwänzelein,
Er schwänzelt hin und her,
Und wenn sodann der Abend kommt,
So schwänzelt er nicht mehr.
	Der Sperling ist's, der Sperling ist's,
	Der immer schreit: Kolnik, kolnik!

Er hat ein kleines Füßelein,
Er füßelt hin und her,
Und wenn sodann der Abend kommt,
So füßelt er nicht mehr.
Der Sperling ist's, der Sperling ist's,
Der immer schreit: Kolnik, kolnik!

Storch, Storch, stipp die Bein',
Trag mich auf dem Rücken heim.
Kannst du mich nicht tragen,
Leg mich auf den Wagen,
Kannst du mich nicht ziehen,
Laß mich zu Hause liegen.

Die Enten sprechen: Soldaten kommen!
                        Soldaten kommen!
Der Entrich spricht: Sackerlot!
                        Sackerlot!
Der Haushund spricht! Wo? wo?
                        wo? wo?
Die Katze spricht: Von Bernau,
                        von Bernau.
Der Hahn auf der Mauer: Sie sind
                        schon da! —

Mein Hinkelchen, mein Hinkelchen,
Was machst in unserm Garten?
Pflückst uns all die Blümchen ab,
Machst es gar zu arg.
Mutter wird dich jagen,
Vater wird dich schlagen.
Mein Hinkelchen, mein Hinkelchen,
Was machst in unserm Garten.

Storch, Storch, Steiner,
Mit den langen Beiner,
Flieg mir ins Bäckerhaus,
Hol einen warmen Weck heraus.
Ist der Storch nicht ein schönes Tier?
Hat einen langen Schnabel und säuft
kein Bier.

Drei Gänse im Haberstroh
Saßen da und waren froh.
Da kam ein Bauer gegangen
Mit einer langen Stangen,
Ruft: Wer do! Wer do!
Drei Gäns im Haberstroh
Saßen da und waren froh.

Eio popeio, was raschelt im Stroh?
Die Gänslein gehn barfuß und haben
kein' Schuh.
Der Schuster hat's Leder, kein' Leisten dazu,
Kann er den Gänslein auch machen kein' Schuh.

Schlaf, Kindlein, balde!
Die Vöglein fliegen im Walde,
Sie fliegen den Wald wohl auf und nieder
Und bringen dem Kind den Schlaf bald wieder.
Schlaf, Kindlein, balde!

Storch, Storch, Langbein,
Bring mir ein kleines Brüderlein!
Storch, Storch, bester,
Bring mir 'ne kleine Schwester.

Storch, Storch, Langbein,
Wann fliegst du ins Land hinein,
Bringst dem Kind ein Brüderlein?
Wenn der Roggen reifet,
Wenn der Frosch pfeifet,
Wenn die goldnen Ringen
In der Kiste klingen,
Wenn die roten Appeln
In der Kiste rappeln.

Klapperstorch, Langbein,
Bring uns doch ein Kind heim,
Leg es in den Garten,
Will es fein warten;
Leg es auf die Stiegen,
Will es fein wiegen.

Unk, Unk, Unk,
Vorzeiten war ich jung:
Hätt ich einen Mann genommen,
Wär ich nicht in'n Teich gekommen.
Unk, Unk, Unk,
Vorzeiten war ich jung!

Ei, Mütterlein, lieb Mütterlein,
Das Gänslein ist im Garten. —
Jag mir's hinaus, jag mir's hinaus,
Es tut mir großen Schaden. —
O Mütterlein, lieb Mütterlein,
Das Gänslein will mich beißen. —
Nimm ein Gäbelchen,
Stups's aufs Schnäbelchen,
So wird's dich nimmer beißen.

Alle unsre Enten
Schwimmen auf dem See,
Stecken den Kopf ins Wasser,
Den Bürzel in die Höh'.

Füchse
und Hasen

Frau Fuchs sitzt in der Kammer,
Beweint ihren Jammer,
Beweint ihren roten Rock,
Denn der Herr Fuchs ist tot.

Grünes Gras
Frißt der Has,
Hinterm Baum
Ist ein Raum:
Dort ist's Häslein
Sicher allein.

Pripe nine sause,
Der Fuchs steht hinterm Hause,
Der hat ein'n langen Schlitten mit
Und nimmt die bösen Kinder mit,
Die guten läßt er zu Hause,
Pripe nine sause.

Zwölf Gänschen im Haberstroh,
Die saßen da und waren froh.
Da kam der Fuchs gegangen
Mit seinen langen Stangen
Und sagte: So!
Zwölf Gänschen im Haberstroh!

Schafe

Es war ein fauler Schäfer,
Ein rechter Siebenschläfer,
Den kümmerte kein Schaf.
Da ist der Wolf gekommen
Und hat ihm weggenommen
Die Schaf' und auch den Schlaf.

Mäh, Lämmchen, mäh!
Das Lämmchen lauft in Wald,
Da stieß sich's an ein Steinichen,
Da tat ihm weh sein Beinichen,
Da schrie das Lämmchen «mäh!»

Mäh, Lämmchen, mäh!
Das Lämmchen lauft in Wald.
Da stieß sich's an ein Stöckelchen,
Tat ihm weh sein Köppelchen,
Da schrie das Lämmchen «mäh!»

Mäh, Lämmchen, mäh!
Das Lämmchen lauft in Wald,
Da stieß sich's an ein Sträuchelchen,
Tat ihm weh sein Bäuchelchen,
Da schrie das Lämmchen «mäh!»

Mäh, Lämmchen, mäh!
Das Lämmchen lauft in Wald,
Da stieß sich's an ein Hölzchen,
Da tat ihm weh sein Hälschen,
Da schrie das Lämmchen «mäh!»

Schlaf, Kindlein, schlaf!
Der Vater hüt't die Schaf,
Die Mutter schüttelt 's Bäumelein,
Da fällt herab ein Träumelein,
Schlaf, Kindlein, schlaf.

Schlaf, Püppchen, schlaf!
Da draußen gehn die Schaf,
Die schwarzen und die weißen,
Die woll'n mein Püppchen beißen,
Die braunen und die gehlen,
Die woll'n mein Püppchen stehlen.

Sause, Lämmchen, sause!
Wo wohnt Peter Krause?
In dem blanken Hause,
Wo die goldnen Püppchen stehn,
Wo die schönen Jungfern gehn,
Da wohnt Peter Krause.

Schlaf, Kindchen, schlaf!
Da draußen gehn zwei Schaf,
Ein schwarzes und ein weißes,
Und wenn das Kind nicht schlafen will,
So kommt das schwarz' und beißt es.

Mäuse und Katzen

Miesemaukätzchen, miese,
Wovon bist du so griese?
Ich bin so griese, ich bin so grau,
Ich bin das Kätzchen Griesegrau.

Ein Schneider hat eine Maus,
Ein Schneider hat eine Mi Ma Mause Maus.

Was macht er mit der Maus?
Was macht er mit der Mi Ma Mause Maus?

Er zieht ihr ab das Fell,
Er zieht ihr ab das Mi Ma Mausefell.

Was macht er mit dem Fell?
Was macht er mit dem Mi Ma Mausefell?

Er macht sich einen Sack,
Er macht sich einen Mi Ma Mausesack.

Was macht er mit dem Sack?
Was macht er mit dem Mi Ma Mausesack?

Er steckt darein sein Geld,
Er steckt darein sein Mi Ma Mausegeld.

Was macht er mit dem Geld?
Was macht er mit dem Mi Ma Mausegeld?

Er kauft sich einen Bock,
Er kauft sich einen Zi Za Ziegenbock.

Was macht er mit dem Bock?
Was macht er mit dem Zi Za Ziegenbock?

Er reit't damit in Krieg,
Er reit't damit in Mi Ma Mausekrieg.

Was macht er in dem Krieg?
Was macht er in dem Mi Ma Mausekrieg?

Er schlägt sie alle tot,
Er schlägt sie alle mi ma mausetot.

Mirre, marre, mau,
Wo ist denn deine Frau?
«Sie sitzt in der Kammer,
Beweint ihren Jammer.»

Lore
Kriegt die Katz beim Ohre,
Kriegt sie beim Schwanze,
Führt sie zum Tanze.

Die Pflaumen sind reif,
Die Mädchen sind steif,
Die Jungen sind stolz,
Die fahren ins Holz,
Da kippelt der Karren,
Da lachen die Narren,
Da geigt die Maus,
Da tanzt die Laus,
Da huppt der Floh
Zum Fenster 'naus.

Hannschen, mein Mannschen,
Komm mit mir ins Dorf,
Da singen die Vögel,
Da klappert der Storch;
Da fiedelt die Maus,
Da tanzt die Laus,
Da guckt der Kater
Zum Fenster hinaus.

Mieskätzchen, wo bist gewesen?
 «Ins Kämmerchen.»
Was hast da gemacht?
 «Aß Milch und Semmelchen.»
Wo hast du denn dein Löffelchen?
 «Entzwei gebrochen.»
Wo hast du denn dein Tellerchen?
 «Entzwei geschmissen.»
Husch aus der Kammer! Husch aus der Kammer!

Bum bam beier,
Die Katz mag keine Eier.
Was mag sie dann?
Speck aus der Pfann:
Ei, wie lecker ist unsre Madam!

Kätzchen läuft die Trepp hinan,
Hat ein rotes Jäckchen an,
Messerchen an der Seiten.
Wo willst du hinreiten?
Will reiten nach Bulemanns Haus,
Will mir holen 'ne fette, fette Maus,
Quick, quick, quick, quick!

Es kommt ein Mäuschen
Es kriecht ins Häuschen
Und macht ein bißchen Kribbli-Krabbli.

Käfer, Schnecken und ein Frosch

Maikäfer, flieg,
Dein Vater ist im Krieg,
Dein' Mutter ist im Pommerland,
Pommerland ist abgebrannt,
Maikäfer, flieg!

Käfer, flieg ins Bäckerhaus,
Hol ein'n Korb mit Wecken 'raus,
Mir ein'n, dir ein'n,
Allen bösen Kindern kein'n.

Schneckhaus, Schneckhaus,
Strecke deine Hörner aus.

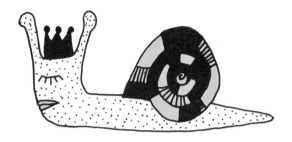

Kuckuck, wo bist?
Im Wald.
Was hast?
Einen Frosch.
Gib mir auch!
Du brauchst nix.

und jetzt
kommt
der
Schluß

Schlaf, mein kleines Mäuschen,
Schlaf bis morgen früh,
Bis der Hahn im Häuschen
Ruft sein Kikeriki.

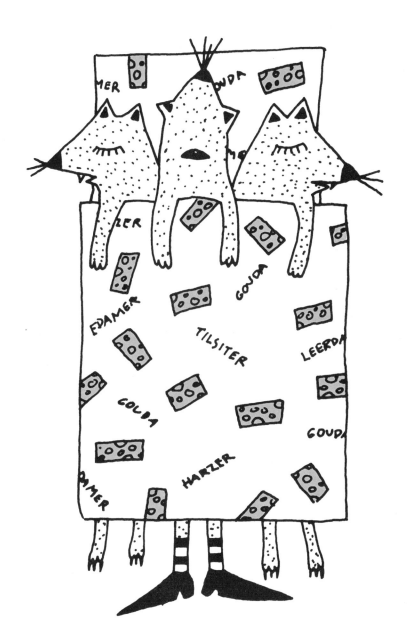

Heidrun Boddin, 1958 in Wustrow geboren, studierte in Rostock Medizin, arbeitete als anatomische Zeichnerin an der Universität, studierte von 1982 bis 1985 an der Fachschule für Werbung und Gestaltung in Berlin und gestaltete dann Bildergeschichten fürs Fernsehen. Danach: Puppentheater, Programmhefte und Plakatgestaltung. Seit September 1989 lebt sie mit ihrem Mann und zwei Töchtern in Hamburg und arbeitet hier freiberuflich als Grafikerin. Sie bekam 1992 den Förderpreis der Stadt Troisdorf für grafische Vorarbeiten zu Mirre, marre, mau.

Für die Sammlung sind benutzt worden:
Simrock, Das deutsche Kinderbuch,
3. Auflage, Frankfurt a. M. o. J.
Drosihn, Deutsche Kinderreime, Leipzig 1897
Böhme, Deutsches Kinderlied und Kinderspiel, Leipzig 1897
und Heinrich Wolgast, Schöne alte Kinderreime,
Buchverlag d. Jugendblätter o. J.